VENTE DU VENDREDI 14 JANVIER 1881

HÔTEL DROUOT, SALLE N° 8.

JOLIE COLLECTION

ÉTOFFES ANCIENNES

TAPISSERIES

EXPOSITION PUBLIQUE

Le Jeudi 13 Janvier 1881

<table>
<tr><td>COMMISSAIRE-PRISEUR
Mᵉ CHARLES PILLET
10, rue de la Grange-Batelière.</td><td>EXPERT
M. CHARLES MANNHEIM
7, rue Saint-Georges.</td></tr>
</table>

CATALOGUE

D'UNE JOLIE COLLECTION

DE

ÉTOFFES ANCIENNES

Chasubles, Chapes,
Dalmatiques des XVe et XVIe siècles, en velours de Gênes et en drap d'or;
Étoffes pour meubles;
Tapis de table brodés; Devants d'Autel;
Tapis d'Orient brodés en soie sur fond écru;
Tenture de chambre en toile brodée du temps de Louis XIV
Écran et garnitures de sièges en tapisserie au point; Passementeries diverses;

SIX TAPISSERIES VERDURE

DONT LA VENTE AURA LIEU

HOTEL DROUOT, SALLE N° 8

Le Vendredi 14 Janvier 1881.

A DEUX HEURES

Par le Ministère de **Me Charles PILLET**, Commissaire-priseur,
10, rue de la Grange-Batelière.

Assisté de **M. Charles MANNHEIM**, Expert, 7, rue Saint-Georges,

---

EXPOSITION PUBLIQUE, le Jeudi 13 Janvier 1881

DE UNE HEURE A CINQ HEURES.

D. S.

CONDITIONS DE LA VENTE

Elle sera faite au comptant.

Les adjudicataires payeront *cinq pour cent* en sus des enchères

L'exposition mettant le public à même de se rendre compte de l'état des objets, il ne sera admis aucune réclamation une fois l'adjudication prononcée.

Paris. — Typ. PILLET et DUMOULIN, 5, rue des Grands-Augustins

DÉSIGNATION DES ÉTOFFES

1 — Frise à têtes de chérubins et figures de vierge en étoffe brochée jaune sur fond bois. xvie siècle.

2 — Dalmatique en étoffe bleutée et bandes de même style que la frise qui précède. xvie siècle.

3 — Bande lamée d'or et fleurs en soies de couleurs, brochées. Travail italien de style oriental.

4 — Tapis de table en soie verte à fleurs brodées aux angles et armoiries au centre brodées en soies de couleurs et or. xviie siècle.

5 — Devant d'autel en velours de Gênes à dessin grenat sur fond blanc lamé d'or. xvie siècle.

6 — Quatre coupes drap d'argent à fleurs et monuments brochés en soies de couleur. xviie siècle.

7 — Coupon Louis XV en gros de Tours à fleurs brochées sur fond rose.

8 — Trois morceaux de velours cramoisi frappé formant lambrequins.

9 — Frise en trois morceaux mesurant ensemble $3^m,25$, en soie jaune avec application de rinceaux en soies de couleur et or.

10 — Petit tapis carré en moire bleutée avec encadrement de fleurs brodées en soies de couleurs et or. xviie siècle.

11 — Chasuble en velours vert frappé et bande de damas vert formant entre-deux.

12 — Devant d'autel en velours de Gênes à dessin ponceau sur satin blanc composé de trois lés et deux demi-lés.

13 — Devant d'autel à fleurs et ornements brodés en soies de couleurs et or sur fond blanc.

14 — Chasuble avec manipule et tapis de calice en velours ponceau frappé et bande d'entre-deux en soie brochée à fond blanc.

15 — Volant en satin cerise brodé à fleurs en soie et or.

16 — Deux pièces : Frise et bande à figures et ornements brochés.

17 — Coupon d'étoffe Louis XVI à corbeilles et fleurs brochées.

18 — Neuf coupons gros de Tours gris à fleurs de couleurs brochées.

19 — Chasuble en velours de Gênes à dessin vert sur fond lamé d'or avec bande d'entre-deux jaune lamé d'or.

20 — Chasuble en velours de Gênes vert sur vert.
xvi⁰ siècle.

21 — Chape en velours de Gênes vert sur vert. xvi⁰ siècle.

22 — Chasuble avec manipule et tapis de calice en velours
de Gênes à dessin vert sur fond jaune. xvi⁰ siècle.

23 — Chasuble en velours de Gênes à dessin violet sur
fond verdâtre. xvi⁰ siècle.

24 — Chasuble en velours rouge frappé de Gênes.
xvi⁰ siècle.

25 — Quatre lés de velours de Gênes à dessin vert sur
fond jaune lamé d'or. Environ quatre mètres.
xvi⁰ siècle.

26 — Chasuble en velours de Gênes grenat, ton sur ton.
Avec petite frange grenat et or. xvi⁰ siècle.

27 — Chasuble en velours de Gênes à dessin vert sur fond
jaune lamé d'or. xvi⁰ siècle.

28 — Chasuble analogue à celle qui précède avec bande
d'entre deux en soie verte brochée blanc et or.

29 — Chasuble en velours de Gênes vert olive avec bande
d'entre deux en satin jaune d'or.

30 — Chasuble en velours de Gênes vert olive avec large
galon d'or.

31 — Deux belles chasubles en drap d'or, avec manipule,
couvre-calice, etc.

32 — Deux dalmatiques, une chasuble et deux chapes en velours de Gênes à dessins grenat sur fond blanc lamé d'argent.

33 — Chasuble en velours de Gênes rouge et vert alterné.

34 — Dalmatique en velours grenat et bandes d'étoffe du xvi⁰ siècle, à dessin rouge sur fond jaune.

35 — Chasuble en velours de Gênes à dessin violacé sur fond jaune.

36 — Chasuble en velours de Gênes à dessin ponceau et vert alternant.

37 — Deux Chasubles, l'une à fleurs brochées sur fond violet lamé d'argent, l'autre à quadrillages jaunes sur fond grisâtre.

38 — Chasuble en velours violet, ton sur ton.

39 — Chasuble en velours de Gênes à dessin vert sur fond jaune d'or. xvi⁰ siècle.

40 — Chasuble en velours de Gênes rouge orangé sur fond lamé d'or.

41 — Chasuble en velours de Gênes grenat ton sur ton avec bande d'entre-deux à dessin jaune sur fond blanc.

42 — Diverses coupes de velours de Gênes à dessin vert sur fond jaune.

43 — Chasuble en drap d'argent et fleurs brochées. Époque Louis **XIII**.

44 — Chasuble à dessin broché or sur fond saumon lamé
d'or. Époque Louis XIII.

45 — Chasuble en satin vert broché à fleurs et rinceaux
lamés d'or. Époque Louis XIII.

46 — Deux chasubles composées de bandes de velours de
Gênes à dessin ponceau sur fond blanc. Avec mani-
pules, couvre-calices, etc.

47 — Chasuble Louis XIII à fond blanc et dessin rosé
lamé d'or.

48 — Chasuble en gros de Tours à fleurs lamées d'argent
sur fond blanc.

49 — Chasuble en velours de Gênes, dessin rouge à cou-
ronnes et fleurs de lis.

50 — Chasuble en belle étoffe à fond rosé et fleurs de
couleurs brochées en soie, argent et or.

51 — Chasuble en velours grenat frappé du xv⁰ siècle avec
bande brodée à figures en soie de couleur et or.

52 — Chasuble à dessin rose sur fond lamé d'argent.

53 — Petit tapis carré à palmes d'argent, brodées sur un
fond violet brun.

54 — Tapis carré en satin ponceau à vases de fleurs brodés en or.

55 — Petit tapis en soie rose à fleurs brodées au point de
chaînette. Travail oriental.

56 — Portière de Recht en drap bleu clair avec applications et broderies en drap et soie de couleur et or.

57 — Chasuble en velours de Gênes ponceau, bouclé d'or avec entre-deux à têtes de chérubins et monogrammes du Christ brochés en or sur fond d'or.

58 — Devant d'autel brodé en soies de couleurs et or à rinceaux et personnages, rapportés sur un fond de satin blanc. xvii⁰ siècle.

59 — Petit tapis en satin blanc à dessin brodé en soie de couleur et or.

60 — Deux dalmatiques du xv⁰ siècle en velours ponceau frappé, et carrés rapportés en étoffe bouclée d'or.

61 — Mitre d'évêque en drap d'argent.

62 — Chasuble en étoffe lamée d'or sur fond rosé.

63 — Chasuble du xv⁰ siècle analogue aux dalmatiques n° 60.

64-73 — Dix tapis brodés à fleurs et ornements en soies de couleurs sur fond écru. Travail oriental.

74 — Tapis oriental brodé en soies de couleurs et argent sur fond jaune. Il est garni d'un effilé bleu et doublé de satin rosé.

75 — Tapis oriental à fond rouge brodé à fleurs en soies de couleurs et argent.

76 — Dalmatique richement brodée au passé, à rinceaux et fleurs de couleurs sur fond blanc. xvii⁰ siècle.

77 — Tenture de chambre en toile écrue, brodée à figures et arbustes en laine de couleur, composée d'un
grand nombre de rideaux et de morceaux. Époque
Louis XIV.

78 — Lot de diverses bandes brodées au point de Hon-
grie.

79 — Deux lambrequins en serge verte, à ornements
jaunes, appliqués et soutachés.

80 — Neuf morceaux de tapisserie pour sièges, brodés au
point.

81 — Médaillon ovale en tapisserie au petit point, représentant l'Enlèvement de Proserpine.

82 — Deux feuilles d'écrans brodées au petit point, mais
non terminées.

83 — Garniture de siège en tapisserie au point, à fond
rouge.

84 — Garniture de siège en tapisserie de Beauvais, à tro-
phées et feuillages.

85 — Feuille d'écran en tapisserie au point, à figure et
fleurs sur fond noir.

86 — Tapis de table carré en tapisserie au petit point, vol
d'oiseaux entouré d'ornements.

87 — Médaillon pour écran, brodé au passé en soie de
couleur et représentant un paysage avec ruines et personnages. Époque Louis XIV.

88 — Tapis brodé à rinceaux et oiseaux de couleurs sur fond blanc.

89 — Dix garnitures de sièges en tapisserie au point à médaillons, fleurs et animaux sur fond bleu clair. Époque Louis XIV.

90 — Sept morceaux divers brodés au point.

91 — Couvre-lit en soie jaune d'or, broché à fleurs et ornements.

92 — Lot de franges à grille et effilés.

93 — Lot de bandes de reps et d'embrasses.

94-96 — Onze lots de galons en passementerie, de dessins variés.

    Ce lot sera divisé.

97 — Deux pièces : Tapis de calice en soie vert olive, avec encadrement brodé et bande découpée en satin ponceau, avec fleurs et rinceaux en application.

98 — Garniture de siège en tapisserie au petit point.

99 — Lot de glands divers dont quelques-uns tissés d'or.

100 — Lot de passementerie pour tentures.

101 — Morceau de taffetas blanc brodé à ses deux extrémités à fleurs et oiseaux.

102 — Coupe de taffetas bleu clair à bandes réservées brochées à fleurs en soie de couleur. Époque Louis XVI.

TAPISSERIES

103-106 — Quatre tapisseries verdure, avec oiseaux et monuments, et bordures composées d'ornements et de fleurs. Elles seront vendues séparément.

107 — Deux portières provenant de la même suite que les tapisseries qui précèdent.

108-111 — Quatre tapisseries verdure avec kiosques de style chinois, oiseaux et animaux; et bordures composées de fleurs et d'ornements. Elles seront vendus séparément.